Printed by BoD™in Norderstedt, Germany

جنگل کا بادشاہ

(بچوں کا ناول)

مصنف:

ابرار محسن

© Taemeer Publications
Jungle ka Badshaah (*Kids Novel*)
by: Abrar Mohsin
Edition: March '2023
Publisher & Printer:
Taemeer Publications, Hyderabad.

ISBN 978-81-961134-9-0

©تعمیر پبلی کیشنز

کتاب	:	جنگل کا بادشاہ
مصنف	:	ابرار محسن
صنف	:	ادب اطفال
ناشر	:	تعمیر پبلی کیشنز (حیدرآباد، انڈیا)
زیر اہتمام	:	تعمیر ویب ڈیولپمنٹ، حیدرآباد
سالِ اشاعت	:	۲۰۲۳ء
تعداد	:	(پرنٹ آن ڈیمانڈ)
طابع	:	تعمیر پبلی کیشنز، حیدرآباد—۲۴
صفحات	:	۶۰
سرِ ورق ڈیزائن	:	تعمیر ویب ڈیزائن

پیش لفظ

ایک مہذب اور صاف ستھرے سماج اور ملک و ملت کے زریں مستقبل کے لیے ادب اطفال کی جتنی ضرورت ہمیں کل تھی، آج بھی ہے۔ ان کہانیوں میں وعظ و پند کا شور نہیں بلکہ انسان دوستی اور ہمدردی کی دھیمی دھیمی اور بھینی بھینی مہک ہونی چاہیے۔

بچوں کے ادب کی زبان نہایت آسان ہونی چاہئے۔ طرز ادا اور اسلوب بیان ایسا ہو کہ بچے بخوشی انہیں پڑھیں، ان میں دلچسپی لیں، ان کو پڑھ کر مسرت محسوس کریں۔ کہانیوں میں مختلف دلچسپ واقعات کی شمولیت سے بچوں کی دلچسپی کو بڑھایا جا سکتا ہے۔

تعمیر پبلی کیشنز کی جانب سے نامور ادیب ابرار محسن کی دو طویل دلچسپ کہانیاں ایک کتاب کی شکل میں پیش کی جا رہی ہیں۔

فہرست

جنگل کا بادشاہ

نہ جانے کن دقتوں کی بات ہے،
ہندوستان میں ایک راجہ حکومت کرتا تھا
وہ عوام میں بہت ہر دل عزیز تھا ۔ اور ہر
دل عزیزی یونہی حاصل نہیں ہو جاتی بلکہ اس
کے لیے کچھ خوبیوں کا ہونا ضروری ہوتا ہے
وہ راجہ انتہائی رحم دل ، انصاف پسند
اور فیّاض تھا ۔ امیروں غریبوں سب
کے ساتھ برابر کا سا برتاؤ کرتا ، کبھی
کسی پر ظلم نہ کرتا ، ظالموں پر اُسے ذرا

رحم سے آتا تھا ۔ اور فیّاضی کا یہ عالم
تھا کہ خزانے کا منہ سدا کھلا رہتا
تھا ۔ ضرورت مند اس کے پاس جاتے
اور کبھی خالی ہاتھ نہ لوٹتے ۔ کہا جاتا
ہے جب خزانے کا منہ کھلا ہوتا ہے
وہ کبھی خالی نہیں ہوتا ۔ چنانچہ راجہ
کا خزانہ بھی ہمیشہ بھرا رہتا تھا ۔
جب وہ راجہ تخت پر بیٹھا تھا تو
ملک کی حالت بہت خراب تھی ۔ ہر
طرف کوئی نہ کوئی مصیبت تھی ۔ لوگ
غریب تھے ، جان و مال خطرے میں
تھے ۔ چور اور ڈاکو نہ صرف قافلوں
کو لوٹ لیتے تھے ، بلکہ گھروں کو بھی
صاف کر جاتے تھے ۔ کسی جگہ بھی
امن نہ تھا ۔ غریب عوام پر ظلم ہو رہا

تھا ۔ وہ چلّاتے تھے، مگر سننے والا کوئی نہ تھا ۔ اس کی وجہ یہ تھی کہ پہلے راجاؤں کی نیت خراب تھی ۔ انہیں صرف اپنے عیش و آرام سے مطلب تھا، عوام کے سُکھ کا کسی کو خیال نہ تھا ۔ سرکاری افسر ملک بھر میں من مانی کرتے پھرتے، اور راجہ محل میں موج اُڑاتے رہتے، آخر دُکھوں کے بادل چھٹ گئے اور سکون کی دھوپ پھیلنے لگی ۔ خوش قسمتی سے نیا راجہ اپنے باپ دادا سے بالکل مختلف تھا ۔ اُس کے دل میں دوسروں کا درد تھا، وہ اپنی ذمہ داریوں سے غافل نہ تھا ۔ اُس نے ملک کی باگ ڈور ہاتھ میں لے کر کچھ اس قابلیت سے انتظام

کیا کہ ملک سے غربت اور بد امنی دور ہوتی گئی ۔ راستے بے خطر ہو گئے، لوگ گھروں میں چین کی نیند سونے لگے ۔ سرکاری افسروں نے جو راجہ کے بدلے ہوئے تیور دیکھے تو انھوں نے بھی اپنی پرانی حرکتیں چھوڑ دیں ۔ جس پر بھی کوئی ظلم ہوتا یا بے انصافی ہوتی وہ سیدھا راجہ کے پاس پہنچ جاتا اور انصاف پاتا تھا ۔ اب محل کے دروازے ہر خاص و عام کے لیے ہمیشہ کھلے رہتے تھے ۔ لوگ چین کی بانسری بجانے لگے ۔

اس راجہ کے سات بیٹے تھے ۔ ساتوں بہت خوبصورت اور تندرست۔ مگر راجہ کو اپنے سب سے چھوٹے لڑکے سے بہت محبت تھی ۔ اس کی وجہ یہ تھی

کہ چھوٹا راج کمار انتہائی نیک ، فرماں بردار اور سمجھدار تھا ۔ کبھی کوئی ایسی بات نہ کرتا جس سے کسی کو دُکھ پہنچے ۔ اس کے برخلاف بڑے بھائی بدتمیز اور خود سر تھے ۔ انھیں اس بات کا غرور تھا کہ وہ راجہ کے بیٹے ہیں ، اُن کا مقابلہ کوئی نہیں کر سکتا ۔ وہ اِدھر اُدھر اُودھم مچاتے پھرتے ، لوگوں کو تنگ کرتے ، نقصان پہنچاتے ۔ بلا وجہ دوسروں کو ستاتے تھے ۔ لوگ اُنھیں نا پسند کرتے تھے ۔ وہ اکثر راجہ سے شکایتیں کیا کرتے تھے ۔ راجہ کو بہت دُکھ ہوتا ۔ اور اُنھیں بہت سمجھاتا ، سخت سست کہتا ، مگر اُن کے کانوں پر جوں تک نہ رینگتی ۔

راجہ کی خواہش تھی کہ اس کے بیٹے

علم حاصل کریں اور فنِ سپہ گیری بھی
سیکھ لیں ۔ مگر بڑے بھائیوں نے باپ کو
مایوس ہی کیا ۔ وہ جاہل ہی رہے ۔ چھوٹے
راج کمار "راجو" نے دل لگا کر علم حاصل
کیا اور سپہ گری میں بھی طاق ہو گیا ۔
پھر کیوں نہ وہ راجہ کا منظورِ نظر ہوتا ۔؟
راجہ اس پر فخر کیا کرتا تھا کہ کم از کم
ایک بیٹا تو ایسا ہے جس کے اندر انسانی
خوبیاں موجود ہیں اور جو باپ کا نام
روشن کرے گا ۔

چھوٹے بھائی پر باپ کا اس قدر پیار
دیکھ تنگ نظر، بڑے بھائی حسد کی آگ
میں جل اُٹھے اور ہمیشہ اس کوششش
میں رہنے لگے کہ ۔ کس طرح باپ کی
نظروں میں اُسے گرا دیں ۔ مگر راجو نے

کبھی اس کا موقع ہی نہیں دیا ۔ وہ سب کچھ سمجھتا تھا مگر باپ سے کبھی کچھ نہیں کہا ۔

آخر ایک زمانہ ایسا بھی آیا جب راجہ بوڑھا ہو گیا ۔ ایک دن اس نے سب بھائیوں کو بلا کر کہا ۔ " میں اب زیادہ دن نہیں رہوں گا ۔ اس لیے جلد ہی اپنے جانشین کا انتخاب کرنا چاہتا ہوں ۔ ایک راجہ کے اندر کچھ خوبیوں کا ہونا لازمی ہے ۔ اور وہ ساری خوبیاں صرف راجہ کے اندر موجود ہیں اس لیے میں نے اُسے ہی جانشین بنانے کا فیصلہ کیا ہے ہے "

بڑے بھائیوں کے دل میں آگ ہی تو لگ گئی ۔ بھلا وہ یہ کیسے برداشت کر لیتے کہ ان کے ہوتے ہوئے سب

سے چھوٹے کو جانشین بنایا جاتے؟ انھوں نے بھی دل میں ٹھان لی کہ کسی بھی طرح راجہ کو فیصلہ بدلنے پر مجبور کر دیں گے ۔ اُس وقت تو وہ خاموش رہے ، مگر جوں ہی راجہ دہاں سے ہٹا ، وہ راجہ کے پاس پہنچ گئے ۔

"آپ کا فیصلہ غلط ہے ،" انھوں نے ایک زبان ہو کر کہا ۔

"کیا بکتے ہو ۔ !" راجہ نے آنکھیں نکال کر کہا ۔ "تم چاہتے ہو کہ میں تم میں سے کسی کو جانشین بناؤں ۔ تم ، جو سب کے سب جاہل ، بیوقف اور بدتمیز ہو !

آخر کیا خرابی ہے راجو میں ؟"

"وہ آپ کی جان کا دشمن ہے ۔"

سب سے بڑا بھائی بولا ۔

"جھوٹ، بالکل جھوٹ ۔" راجہ طیش سے چلّایا ۔" بھلا وہ میری جان کا دشمن کیوں ہونے لگا ؟ کیا میں نے اُسے جاگیریں نہیں بنایا ؟ ضرور یہ تمھاری چال ہے ۔"

"وہ آپ کی جان کا دشمن اس لیے ہے کہ جانتا ہے، اگر آپ کو اس کی حرکتوں کا پتہ چل گیا تو آپ کا فیصلہ بدل جانے گا ۔ اس لیے وہ آپ کی جان کا لاگو ہو رہا ہے ۔" دوسرے بھائی نے مکّاری سے کہا ۔

"یہ الزام ہے ۔ راجو ایسا نہیں ہے ۔" راجہ نے ایک ایک لفظ پر زور دے کر کہا

"ہم ثابت کر دیں گے ۔ آج رات کو ہی ۔" راجکماروں نے کہا ۔ اور راجہ کو

فکر میں ڈوبا چھوڑ کر چلے آئے ۔

راجو کا یہ دستور تھا کہ ہر روز جب راجہ کے سونے کا وقت ہوتا تو وہ دودھ کا پیالہ لے کر جاتا تھا اور خود باپ کو پلاتا تھا ۔ بڑے بھائی کیونکہ سازش کر رہے تھے، اس لیے انھوں نے پچھلے سے دودھ میں زہر ملا دیا ۔ راجو اس سازش سے بے خبر دودھ کا پیالہ لے کر راجہ کے پاس گیا ۔۔۔ اور جوں ہی راجہ نے پیالہ ہونٹوں سے لگایا، سب سے بڑے بھائی نے، جو دہیں چھپا کھڑا تھا، جھپٹ کر پیالہ راجہ کے ہاتھوں سے چھین کر گرا دیا ۔۔۔ دودھ زمین پر بکھر گیا اور ایک بلی اُسے چاٹنے لگی ۔

"یہ کیا بد تمیزی تھی ۔۔۔؟ "راجہ نے گرج کر کہا ۔۔۔ اور دوسرے ہی لمحے اس کا منہ حیرت سے کھلا رہ گیا ۔ بلی دَم توڑ رہی تھی ۔۔۔

"اور اس طرح آپ بھی ختم ہو جاتے "بڑے بھائی نے راجو کی طرف گھور کر راجہ سے کہا ۔

راجو ہکا بکا کھڑا تھا ۔ اس کی سمجھ میں نہیں آ رہا تھا کہ یہ سب کیا ہو رہا ہے ۔

راجہ نے راجو کی طرف تیز نظروں سے دیکھا ۔۔۔ اُن نظروں سے جن میں غصہ بھی تھا اور نفرت بھی ۔۔۔

"تو یہ ہے تیری اصلیت ۔۔۔! "راجہ نے دانت پیس کر راجو سے کہا ۔۔۔ ۔۔۔

"احسان فراموش، مکار ۔ ظاہر تو ایسا کرتا رہا کہ جیسے تجھ سے بڑا پاکباز کوئی ہوگا ہی نہیں، اور دل اتنا کالا ۔! اچھا ہوا وقت پر ہماری آنکھیں کھل گئیں ۔ ورنہ ..."

راجو گھبرایا ہوا کبھی کبھی راجہ کو دیکھتا، کبھی بڑے بھائی کو اور کبھی مُردہ بلی کو ۔ زبان گنگ ہو کر رہ گئی تھی ۔

راجہ کہہ رہا تھا ۔ "وزیر صاحب کو بلاؤ اور کہو کہ اعلان کر دیں ہم نے اپنا فیصلہ بدل دیا ہے ۔ ہمارے بعد ہماری سلطنت چھ بڑے بھائیوں میں برابر برابر تقسیم کی جائے گی اور راجو، مکار کو کچھ نہیں ملے گا ۔"

اس کے بعد راجہ راجو سے مخاطب ہوا ۔ "دُور ہو جا میری نظروں سے ۔

خبردار ، جو کسی اپنی منحوس شکل مجھے دکھائی ۔"

زاجو کی دنیا تاریک ہو گئی ۔ بھائیوں نے بھر پور وار کیا تھا ۔ راجو کو اس قدر طیش تھا کہ صفائی میں کچھ کہنا بے فائدہ تھا ۔ چنانچہ وہ آنکھوں میں آنسو بھرے وہاں سے چلا آیا اور تنہائی میں آ کر پھوٹ پھوٹ کر رونے لگا ۔

ادھر بھائیوں نے تمام میں یہ جھوٹی خبر مشہور کرا دی کہ راجو نے راجہ کو زہر دینے کی کوشش کی تھی ۔ لوگوں کو حیرانی تو بہت ہوئی ، مگر جب راجہ نے اس خبر کو سچا بتایا تو انھیں یقین آ گیا اور اُن کی نظروں سے راجو ایک دم بالکل گر گیا ۔ بڑے بھائیوں نے ایک میدان مار

لیا تھا ، مگر ابھی ایک اور مُشکل بات تھی ۔

ممکن تھا راجہ کو حقیقت معلوم ہو جائے

اور وہ پھر راجو ہی کو جانشین بنا دے

اس لیے انھوں نے راجہ ہی کو ختم کر دینے

کا ارادہ کر لیا ۔ تیسرے ہی دن راجہ کا

قتل ہو گیا ۔ تمام ملک میں غم کی لہر دوڑ

گئی ، ہر آنکھ آنسو بہا رہی تھی ۔ سب

سے زیادہ آنسو راجو کی آنکھیں بہا رہی

تھیں ۔ ستم یہ کہ سب کا شک راجو

پر ہی تھا ۔ زہر والا واقعہ بالکل تازہ

ہی تھا ۔ اب تو سب کو یقین تھا کہ راجہ

نے راجو کو انتقاماً مار دیا ہے کیونکہ

اُسے راجہ نے جانشینی سے محروم کر

دیا تھا ۔۔۔ بڑے بھائی بھی مگر کچھ

کے آنسو بہا رہے تھے ۔

چند دنوں کے بعد راجہ کی سلطنت چھ بڑے بھائیوں میں برابر برابر تقسیم ہو گئی ۔ انھوں نے طے کیا کہ چند مہینے باپ کے محل میں ہی موج اڑا کر اپنا اپنا راج پاٹ سنبھالیں گے ۔ راجہ کا محل سب سے بڑے راجکمار کے حصے میں آیا تھا ۔ راجہ کی آنکھیں بند ہوتے ہی ملک کی حالت پہلے جیسی خراب ہو گئی ۔ راجکمار سب کے سب بدترین حکمراں تھے ۔ وہ ظالم، لالچی اور جاہل تھے ۔ راجہ نے کڑی محنت سے جو امن و اماں قائم کیا تھا، وہ راجکماروں نے خاک میں ملا دیا ۔ محل کے دروازے عوام کے لیے بند ہو گئے ۔ سرکاری افسروں کی پھر بن آئی اور ہر طرف ظلم و ستم کا دور دورہ ہو گیا ۔ چوریاں اور

قتل دن دیہاڑے ہونے لگے ۔ مگر راج کمار اِن حالات سے بے خبر موج اُڑا رہے تھے ۔ راجہ کا جو تھوڑا بہت ڈر تھا ، وہ اب ختم ہو چکا تھا ۔ اب وہ آزاد تھے ۔ راجو کو محل کی ایک چھوٹی سی تنگ و تاریک کوٹھری دی گئی تھی جس میں وہ دن رات پڑا رہتا اور اپنی بد نصیبی پر آنسو بہاتا رہتا ۔

چند دن پہلے وہ راجکمار تھا ۔ باپ کا سب سے پیارا ، رعایا کی آنکھوں کا تارا ، مگر آج وہ اپنے بھائیوں کا خادم تھا ۔ بھائیوں نے باپ کے مرنے کے بعد اُسے ملک سے باہر نکال دینے کی ٹھانی مگر اُسے باپ کے دیس سے اتنا پیار تھا کہ اِس ذلت کے ساتھ وہاں رہنا

منظور کر لیا ۔ بھائیوں نے اس کے سپرد گھوڑوں کی دیکھ بھال کا کام کر دیا تھا۔ اب وہ راجکمار سے سائیس بن گیا تھا۔ راجاؤں کے سائیس بھی مزے کرتے ہیں، مگر راجو' کو پیٹ بھر کھانا بھی مشکل ہی سے ملتا اور اٹھتے بیٹھتے بھائیوں کی جھڑکیاں سنتا ۔ کئی بار مصیبتوں سے اُکتا کر اُس نے ملک چھوڑ دینے کا ارادہ کیا، مگر پھر خیال آیا کہ اس کے بھائی بہت خراب ہیں ۔ رعایا کا کوئی نہ کوئی سچا ہمدرد تو ہونا چاہیے ۔ ہو سکتا ہے وہ کبھی عوام کی خدمت کر ہی سکے ۔۔۔۔۔۔ چنانچہ وہ تمام دُکھ سہتا رہا ۔

اس کے بھائی سارا دن اِدھر اُدھر اُودھم مچاتے پھرتے ، رعایا کو تنگ کرتے

اور رات کے وقت شراب کے نشے میں
بدہوش شور مچاتے ہوئے محل میں داخل
ہوتے ۔ راجو، ان کے تھکے ہوئے گھوڑوں
کو اصطبل میں باندھ کر کھلاتا پلاتا ، ان کے
جسم پر مالش کرتا ۔۔۔ اور تب کہیں آدھی
رات کے قریب آرام کا وقت ملتا ۔

ایک رات جب راجو، اصطبل سے
واپس آ رہا تھا تو اُس نے اپنے
بھائیوں کو زور زور سے باتیں کرتے ،
قہقہے لگاتے سُنا ۔ وہ کان لگا کر کھڑا ہوگیا۔
بڑا بھائی کہہ رہا تھا ۔۔۔ "پڑوسی راجہ
کے سات بیٹیاں ہیں ۔۔۔ بہت ہی
خوب صورت ! ہم چھ بہنوں سے شادی
کریں گے ۔۔۔

مگر مشکل یہ ہے کہ راجہ کا کہنا

ہے کہ وہ ساتوں بہنوں کی شادی ایک ساتھ کرے گا ۔۔۔ اور ساتویں بہن جو سب سے چھوٹی ہے ، اس کی ایک شرط ہے ۔ اس نے اعلان کروایا ہے کہ اس سے شادی کرنے کے تمام خواہش مند لوگ ایک جگہ جمع ہو جائیں ۔ پھر وہ اپنا پالتو کبوتر اڑائے گی ۔ جس کے سر پر کبوتر بیٹھ جائے گا ، اُسی کے ساتھ اس کا بیاہ ہوگا ۔۔۔ اور یہ پرسوں ہی ہونے والا ہے ۔ ہم کل صبح ہی روانہ ہو جائیں گے تاکہ پرسوں دِن پہنچ جائیں ۔ پرسوں شام کو ہی شادیاں ہو جائیں گی ۔ اراجہ نے اطلاع دی ہے ''

'' ٹھیک ہے ، بالکل ٹھیک ہے '' سب چلّائے اور مارے خوشی کے ناچنے لگے ۔

اگلے دن مُنھ اندھیرے وہ عمدہ لباس پہن کر، گھوڑوں پر سوار ہو کر روانہ ہو گئے راجو، اکیلا رہ گیا ۔ اس نے سوچا کہ اُسے بھی جانا چاہیے ۔ حالانکہ بھائی دھمکی دے گئے تھے کہ اگر اس نے محل سے قدم بھی باہر نکالا تو اس کی خیر نہیں ۔

"ہو نہہ، دیکھا جائے گا ___" اس نے سوچا اور اپنا شاہی لباس نکال کر گھوڑے پر سوار ہو کر وہ بھی چل دیا ۔

چلتے چلتے اس کا گزر ایک گھنے جنگل میں سے ہوا جس میں بہت سے جنگلی درندے تھے ۔ دن میں بھی رات کا سا اندھیرا تھا ۔

اچانک گھوڑا ٹھٹک کر رُک گیا ۔ راجو نے دیکھا ایک لمبا چوڑا شیر جھاڑی میں سے

نکل کر سامنے آ کھڑا ہوا تھا اور وہ رحم طلب نظروں راجو کو دیکھ کر بار بار اپنا اگلا پیر اٹھا رہا تھا ۔ راجو اس کے دکھ کو سمجھ گیا ۔ وہ بہادر تھا اس لیے شیر کو دیکھ کر اس کے اوسان خطا نہ ہوئے ۔ وہ گھوڑے پر سے اترا اور شیر کے پیر کو بغور دیکھا ۔ اس میں ایک بڑا سا کانٹا چبھا ہوا تھا ۔ راجو نے وہ کانٹا نکال دیا ۔۔۔ مگر یہ کیا ۔۔۔ ! شیر نے جست لگائی اور راجو مار کے گھوڑے کو کھانے لگا ۔

" یہ کیا کیا تو نے ! راجو نے غصے سے کہا اور تلوار سونت کر اس پر جھپٹا ۔ " یہی بدلہ ہے نیکی کا ۔۔۔ ؟ "

مگر شیر راجو کے قدموں کے پاس آ کر

بیٹھ گیا ۔ گویا وہ اپنی خاموش زبان سے کہہ رہا ہو ۔ ۔ تم فکر نہ کرو ۔ جہاں تمھیں جانا ہے ، مجھے معلوم ہے ۔ میں تھوڑی دیر میں ہی پہنچانے دیتا ہوں ۔ میں زخمی تھا اس لیے کئی وقتوں سے بھوکا تھا ۔ مجھے احسان فراموش نہ سمجھو ۔ میں تمھارا وفادار غلام ہوں ۔ "

تھوڑی دیر کے بعد ہی وہ شیر پر سوار اس راجہ کے ملک کی طرف اُڑا چلا جا رہا تھا ۔

شام ہوتے ہوتے وہ راجہ کے شہر کے باہر ایک جنگل میں پہنچ گئے ۔ رات ہونے والی تھی اس لیے راجو نے وہیں ٹھہرنے کا ارادہ کیا تاکہ رات گزار کر اگلے دن راجہ کے محل کی طرف روانہ ہو جاتے

اور اپنی قسمت آزمائے ۔ ہو سکتا ہے ساتویں راجکماری کا کبوتر اُس کے سر پر ہی بیٹھ جائے ۔ اس نے چھوٹی راجکماری کی خوبصورتی کی بہت شہرت سُنی تھی ۔ مگر مشکل یہ تھی کہ اس کے بھائی اُسے پہچان لیتے ۔ آخر ایک ترکیب اُس کی سمجھ میں آ گئی ۔ اور وہ خود بخود مسکرا دیا ۔

اگلے دن محل کے سامنے ہزاروں لوگوں کا ہجوم تھا ۔ وہ سب چھوٹی راجکماری سے شادی کرنے کے خواہش مند تھے اور بہترین لباسوں میں ملبوس تھے ۔ مگر وہ سب اُس گندے اور گھناؤنے فقیر کو بڑی نفرت سے دیکھ رہے تھے جس کے تمام بدن پر کیچڑ ملی ہوئی تھی ۔ رنگت کالی تھی ۔ اور اس پر مکھیاں بھنک رہی تھی ۔

راج کماری محل سے باہر آئی ۔ لوگ
اس کی خوب صورتی دیکھ کر دنگ رہ گئے۔
اس کے ہاتھوں میں ایک کبوتر بھی تھا۔
راجکماری نے کبوتر ہوا میں اُڑا دیا ۔ لوگ
ہاتھوں میں دانے لیے کبوتر کو لبھا رہے تھے
مگر کبوتر سب کے سروں پر سے اُڑاتا ہوا
ٹھیک اُس فقیر کے سر پر بیٹھ گیا ۔ مجمع
چیخ اُٹھا ۔ راجکماری کا رنگ بھی اُتر گیا ۔
راجہ نے کہا "کبوتر کو پھر اُڑایا جائے گا
یہ گندہ فقیر راجکماری کے قابل نہیں ہو سکتا"
"میری قسمت کا فیصلہ ہو چکا ہے ۔"
راجکماری نے درد بھری آواز میں کہا اور
محل میں داخل ہو گئی ۔

اُسی دن راجہ کے بڑے بھائیوں کی
شادی چھ راجکماریوں سے ہو گئی اور راجہ

کی شادی چھوٹی راج کماری کے ساتھ ہو گئی۔
وہ گندہ فقیر راجو ہی تھا ۔ اس کے بھائی
اُسے نہ پہچان سکے ۔

ساتوں بھائی کئی دن محل میں رہے۔
بڑے بھائی گندے فقیر کا مذاق اڑاتے
رہتے اور بڑی راج کماریاں چھوٹی راج کماری
کی بے وقوفی پر ہنستی رہتیں ۔ بیچاری راج کماری
گھٹ گھٹ کر روتی ۔ بڑے بھائیوں نے
فیصلہ کیا کہ گندے فقیر کو ہر وقت ، قدم
قدم پر ذلیل کرنا چاہیے ۔

ایک دن انہوں نے راجو سے کہا ۔
"ہم شکار پر جانا چاہتے ہیں ۔۔۔ ساتوں
جائیں گے ۔ دیکھیں کون کون عمدہ شکار مار
کر لاتا ہے ؟"

راجو نے جواب دیا ۔۔"ضرور ضرور ۔ جو

ہتھیار ستھیں پسند ہوں ، لے جاؤ۔ اصطبل میں سے
عمدہ سے عمدہ گھوڑے لے جاؤ۔ مگر شکار کھیلنا صرف
راج کماروں ہی کو زیب دیتا ہے ۔ یہ گندہ فقیر کہاں
جائے گا ۔ " نہیں ، یہ بھی جائے " بھائیوں نے
کہا ۔ وہ تو دل بھر کر اس کی ہنسی اڑانا چاہتے
تھے ۔

بڑے راج کماروں نے عمدہ تلواریں اور
تیز رفتار گھوڑے پسند کر لیے اور فقیر
نے ایک ڈنڈا اور ٹنگڑا گدھا ۔

جب وہ سب شکار پر روانہ ہوئے
تو راج کماریاں جھروکے میں سے جھانک
رہی تھیں ۔ ٹنگڑے گدھے پر سوار راجو
عجیب سا لگ رہا تھا ۔

بڑی راج کماریاں ہنستے ہنستے لوٹ
پوٹ ہو گئیں اور چھوٹی جلدی سے اپنے

کمرے میں آ گئی ۔۔۔ خوب روئی ۔۔۔

راستے میں راجو چپکے سے بھائیوں
سے الگ ہو کر سیدھا وہاں پہنچا جہاں
اس نے رات بسر کی تھی، اور جہاں شیر اس
کا منتظر تھا۔

"راج کمار اِن جنگلوں میں شکار کھیلنے آئے
ہیں ۔۔۔" راجو نے شیر سے کہا ۔۔۔ "خبردار نہیں
ایک جانور نہ مل پائے ۔۔۔"

شیر زور سے دہاڑا ۔۔۔ سارا جنگل کانپ
گیا ۔ اور جنگل کے لیے تعداد جانور وہاں
جمع ہونے لگے۔

اِدھر راجو، نے جسم سے کیچڑ صاف کی
اور اپنا شاہی لباس پہن کر، چہرے پر
نقلی مونچھیں لگا کر شیر پر بیٹھ گیا ۔۔۔ اس
کے بھائی جنگل میں مارے مارے پھرتے

رہے مگر ایک جانور نہ ملا ۔ اچانک دور انھیں ہزاروں جانور ایک جگہ کھڑے نظر آئے ۔ وہ خوشی خوشی اس طرف بڑھے اور جوں ہی شکار کرنا چاہا کہ آواز آئی ۔

"خبردار ۔۔۔ جنگل کے بادشاہ کی رعایا کو ستایا تو خیر نہیں ۔۔۔"

اب انھوں نے دیکھا ۔ شیر کے اوپر جنگل کا بادشاہ سوار تھا ۔ وہ اسی کی آواز تھی ۔

"جنگل کے بادشاہ!" انھوں نے درخواست کی ۔ "ہم راج کمار ہیں ۔ ہماری عزّت کا سوال ہے ۔ اگر بغیر شکار کے واپس گئے تو ناک کٹ جائے گی ۔ بس ایک ایک جانور دے دو ۔۔۔"

جنگل کے بادشاہ نے تھوڑی دیر سوچ

کر کہا ۔ "ایک شرط پر تمھاری بات مان سکتا ہوں ۔ دیکھو، اِن جانوروں کو میرے غلام ہی شکار کر سکتے ہیں ۔ بولو، کیا تم مجھے لکھ کر دو گے کہ تم نے میری غلامی قبول کی ؟"

راج کمار مان گئے ۔ انھوں نے تحریر دے دی ۔ اور انھیں ایک ایک ہرن مل گیا ۔ وہ غرور سے پھولے ہوئے محل کی طرف چلے ۔ انھیں یقین تھا فقیر کے ہاتھ کچھ نہ لگا ہو گا — جب وہ محل میں پہنچے تو دیکھا کہ فقیر سر جھکائے کھڑا تھا اور راجہ اُسے ڈانٹ رہا تھا ۔ "گندے فقیر ! تو جھوٹ بول رہا ہے کہ جنگل میں ایک بھی جانور نہیں تھا ۔ آخر یہ راج کمار کہاں سے لے آئے ؟ ذیل —

ہائے میری بیٹی کا مقدر!"

"یہ واقعی جھوٹ بول رہا ہے "راج کماری
نے کہا ۔۔۔ "جنگل جانوروں سے بھرا پڑا
ہے ۔ ہم نے تو بے شمار جانور مارے
تھے ۔ مگر سب کو لاتے کس طرح؟ ۔
آخر ہم راج کمار ہیں اور یہ ایک فقیر ۔
یہ کیا جانے شکار کیا ہوتا ہے ۔"

"تم جھوٹ بولتے ہو ۔۔۔" راجو' نے
کہا ۔۔۔ "تم جنگل کے بادشاہ کے غلام
ہو ۔ اُسی نے تمہیں یہ جانور دیے ہیں۔"

"مہاراج! یہ ہماری توہین کر رہا ہے۔"
راج کمار چلّاتے ۔

"زبان کو لگام دے ، گندے ،
ذلیل ۔۔۔!" راجہ نے گرج کر "راجو'
سے کہا ۔

چھوٹی راجکماری نے جب شوہر کی یہ بے عزتی دیکھی تو اس کا روتے روتے بُرا حال ہو گیا ۔ بہر حال وہ اس کی بیوی تھی ۔

"شہرت حاضر ہے ۔"

۔۔۔ راجو نے وہ تحریر راجہ کو دے دی۔

راجہ نے تحریر پڑھی اور راج کماروں کو گھورنے لگا ۔

"یہ جھوٹ ہے ۔" راج کماروں نے کہا۔

"ہم کسی جنگل کے بادشاہ کو نہیں جانتے ۔ یہ نقلی تحریر ہے ۔"

"میں جنگل کے بادشاہ کو ابھی لے کر آتا ہوں ۔" راجو یہ کہہ کر چلا گیا ۔۔۔ اور پھر محل میں جنگل کا بادشاہ داخل ہوا۔ بڑی شان و شوکت کے ساتھ ۔ اس نے کہا کہ راج کمار واقعی اس کے غلام ہیں جنھیں

اس نے جانور دیے تھے ۔

راج کمار گھبرا گئے ۔ راجہ کا چہرہ غصے سے سرخ ہو رہا تھا ۔ ایسا لگتا تھا جیسے وہ راج کماروں کو کچا ہی چبا جائے گا ۔

اسی وقت راج کماروں کو جنگل کے بادشاہ نے مخاطب کیا ۔ "کیوں جی ۔ تم سات بھائی تھے ۔ ساتواں کہاں ہے ؟ "

"وہ بدمعاش ہمارے باپ کو مار کر بھاگ گیا ہے" راجکماروں نے جواب دیا ۔

اسی وقت جنگل کے بادشاہ نے چہرے پر سے نقلی مونچھ علیحدہ کر دی ۔ اور اب ان کے سامنے راجو کھڑا تھا ۔ راجکماروں کی آنکھوں میں اندھیرا چھانے لگا ۔ راجہ

بھی حیران تھا ۔

راجو نے کہا ۔

"میں ہی ان کا ساتواں بھائی ہوں ۔
مگر انھوں نے مجھ پر بڑے ظلم کیے
ہیں ۔ انھوں نے ہی راجو کا خون کیا
ہے ۔ یہ سب مکار ہیں"

راجو، راج کماروں کو واقعی سخت سزائیں
دیتا ۔ مگر ان کے رونے پیٹنے پر راجو کو
ترس آ گیا اور اس نے راجو سے
ددخواست کی کہ انھیں اپنی اصلاح
کرنے کا ایک موقع دیا جائے ۔

پھر بھی راجو نے انھیں فوراً اپنے
ملک سے نکال دیا اور راجو کو اپنی
سلطنت سونپ دی ۔

چھوٹی راج کماری بڑی بہنوں سے اکثر

کہا کرتی تھی۔

"دیکھا تم نے ۔۔ میرا کبوتر کتنا عقل مند نکلا ۔۔ !"

اور راج کماریاں جھینپ جاتیں ۔۔

کہا جاتا ہے اس ذلت کے بعد دائمی برے راج کماروں کی آنکھیں کھل گئیں اور وہ نیک بن گئے ۔

عجیب آوازیں

یہ بھی ایک راجہ ہی کے زمانے کی کہانی ہے
اور دوسری کہانیوں کی طرح بہت پرانی ہے ۔
سینکڑوں برس، سے بڑے بوڑھے یہ کہانی اپنے
بچوں کو مزے لے لے کر سناتے آئے ہیں ۔
ہاں تو ایک راجہ تھا، جو بہت نیک دل
اور انصاف پسند تھا ۔ وہ رعایا کی بھلائی کے
لیے ہر وقت کچھ نہ کچھ کرتا ہی رہتا تھا کیونکہ
صرف سوچتے ہی رہنے سے تو کچھ نہیں ہوتا ۔ اگر
انسان صرف سوچتے ہی جائے اور کرے کچھ نہیں،

تو بھلا کیا فائدہ ۔۔۔۔! چنانچہ نیس راجہ کو یہی
دُھن لگی رہتی تھی کہ اس کے کس کام سے رعایا
کو سُکھ مل سکتا ہے ۔ اس سلسلے میں اس نے
بہت سے اچھے کام کیے تھے ، مثلاً غریبوں
اور اپاہجوں کے لیے خزانے سے وظیفے مقرر
تھے ، مسافروں کے لیے جگہ جگہ آرام گاہیں
بنوا دی تھیں ، اور رعایا سے اتنا ہی ٹیکس وصول
کیا جاتا تھا کہ بوجھ نہ معلوم ہو ۔ رعایا خوشحال
تھی اس لیے ہر طرف امن تھا ۔ راستے
بے خطر تھے ۔ لوگ مال دولت لے کر راتوں کو
تنہا سفر کرتے اور منزل پر پہنچ جاتے ۔ مجال
نہ تھی ۔ جو کوئی آنکھ اٹھا کر دیکھ بھی لیتا ۔ گھروں
کے دروازے بند کر کے سونے کا رواج ہی
نہ تھا کیوں کہ چوری کا کھٹکا نہ تھا ۔

راجہ اپنی رعایا کو خوش دیکھتا اور نہال

ہوتا ۔ ایک راجہ کی سب سے بڑی کامیابی یہی ہوتی ہے کہ اس کی رعایا اس سے مطمئن ہو۔ بڑے سکون سے دن گزر رہے تھے کہ ایک دن ایک ایسی بات ہوئی کہ رعایا بے چین ہو گئی ۔

ہوا یوں کہ شہر سے چند میل کے فاصلے پر ایک پہاڑی تھی ، ویران اور سنسان ۔ لوگ عموماً اس طرف نہیں جاتے تھے ۔ کبھی کبھار کوئی چرواہا اپنے کسی بھولے بھٹکے مویشی کی تلاش میں پہنچ جاتا تھا ۔ مگر ایسا بہت ہی کم ہوتا تھا ۔

لوگ پہاڑی سے بہت خوف زدہ تھے ، اور اس کی وجہ وہ عجیب و غریب کہانیاں تھیں جو اس پہاڑی کے متعلق برسوں سے مشہور تھیں ۔ کچھ لوگوں کا کہنا تھا کہ وہاں بھوت رہتے

ہیں جو تاریک راتوں میں خوفناک ناچ ناچتے ہیں اور اگر کوئی زندہ آدمی ہاتھ لگ جائے تو اُسے کھا جاتے ہیں ۔ بہت سے لوگوں کا خیال تھا کہ وہاں کوئی چڑیل رہتی ہے جو اپنے نکیلے دانتوں سے انسان کا خون پی جاتی ہے ۔ غرض کہ جتنے مُنھ اُتنی باتیں ۔۔۔

آج تک کسی نے نہ تو بھوت دیکھا تھا نہ ہی چڑیل ۔۔۔ مگر وہ سب ان سے خائف تھے ۔ یہ اُن دنوں کی بات ہے جب سائنس نے اتنی ترقی نہ کی تھی اور لوگ عام طور پر جہالت اور توہّم پرستی کا شکار تھے ۔ وہ خواہ مخواہ ایسی چیزوں سے ڈرتے تھے جن کا کوئی وجود ہی نہیں ہے ۔۔ بس چند خیالی چیزیں بنا کر اُن سے ڈرتے تھے ۔ علم کی روشنی اس قدر نہ تھی کہ جہالت کے

اندھیروں کو دور کرتی ۔

ہاں ، تو لوگوں کے خوف کی ایک وجہ یہ تھی کہ شہر کے چند لوگ جو کبھی اس پہاڑی پر گئے تھے تاکہ وہاں جا کر معلوم کریں کہ آخر وہاں ہے کیا ، واپس نہیں لوٹے ۔ نہ جانے کہاں غائب ہو گئے تھے وہ !

اب کسی میں اتنی ہمت نہ تھی کہ وہاں جائے ۔ بھوت اور چڑیل کی موجودگی کا سب کو یقین تھا ۔

۔ ایک شام اس پہاڑی پر سے گھنٹیوں کی آواز آئی ۔ لوگ حیران ہو گئے اور خوف زدہ بھی ۔ اس سے پہلے اُدھر سے کبھی کوئی آواز نہیں آئی تھی ۔ اس پُراسرار آواز کو سُن کر سب کے دل دھک دھک کرنے لگے ۔

ایک بوڑھا کہہ رہا تھا ـــ

"بھوت بھڑکے ہیں ـــ وہ گھنٹی بجا رہے ہیں"

دوسرے نے کہا ـــ "نہیں، یہ گھنٹیوں کی آواز نہیں، بلکہ چڑیل کی پکار ہے ۔ وہ بھوک سے چلا رہی ہے ۔ اُسے انسان کے گوشت کی خواہش ہے"

ہر شخص اپنا اپنا خیال ظاہر کر رہا تھا ـــ

تمام نگاہیں پہاڑی کی طرف لگی ہوئی تھیں، جس پر شام کے دھندلکے پھیلتے جا رہے تھے ۔ وہ پہاڑی جو خوفناک تھی، جہاں موت کا بسیرا تھا، جہاں بھیانک سناٹے تھے ـــ گھنٹیوں کی آوازیں مسلسل آ رہی تھیں ـــ

"چلو، راجہ سے کہیں ـــ"

ـــ لوگوں نے ایک زبان ہو کر کہا اور

محل کی طرف چلے ۔

شور سُن کر راجہ محل سے باہر نکل آیا ۔

"کیا بات ہے ۔۔؟" اُس نے پوچھا ۔

"کیا پریشانی ہے ؟"

ایک بوڑھا آگے بڑھا اور ادب سے بولا ۔

"ہمارے پیارے راجہ! کیا تم گھنٹیوں کی آوازیں سُن رہے ہو ۔۔؟"

راجہ نے کان لگا کر سُنا اور سر ہلا دیا ۔

بوڑھا پھر کہنے لگا ۔۔۔ "یہ آوازیں پہاڑی پر سے آ رہی ہیں ۔ ہمیں ڈر لگ رہا ہے ۔ کہیں ہم پر کوئی مصیبت تو نہیں آنے والی ہے !

"تم ہمارے راجہ ہو ۔ ہمارے دُکھ دُور کرنا تمہارا کام ہے ۔ اِن آوازوں کا راز معلوم کرو تاکہ ہمارے دلوں کو سکون ملے"

"تم لوگ بالکل نہ گھبراؤ ۔۔۔۔" راجہ نے ہمدردانہ لہجے میں کہا ۔۔۔"میں ابھی معلوم کرنے کی کوشش کرتا ہوں ۔ اطمینان سے اپنے اپنے گھروں کو جاؤ ۔۔۔"

لوگوں کو راجہ پر اعتماد تھا ، وہ سب واپس لوٹ گئے ۔۔۔ گھنٹیاں بدستور بج رہی تھیں ۔۔۔

راجہ نے اُسی وقت بڑے بڑے پنڈتوں اور جیوتشیوں کو بلا کر گھنٹیوں کا راز معلوم کرنے کو کہا ۔ اُن سب نے غور کرنے کے بعد ایک فیصلہ سُنا دیا ۔۔۔

"مہاراج ! بھوت ناراض ہیں کیونکہ پنڈتوں اور جیوتشیوں کو راجہ منھ مانگی دولت نہیں دیتا ۔۔۔"

"اچھا ۔۔۔ !" راجہ کچھ سوچتے ہوئے

بڑ بڑایا ــــ پھر کہا ــــ "تم سب لوگ خزانے میں جا کر جتنی دولت چاہو لے لو" وہ لوگ خزانے میں گئے اور خوب دولت سمیٹ کر چلتے بنے ــــ اتفاقاً اس وقت گھنٹیوں کی آواز بھی آنی بند ہو گئی۔

راجہ نے سوچا ــــ "چلو خیر ــ گھنٹیوں کی آواز تو ختم ہوئی ــــ"

لوگ بھی مطمئن ہو گئے ــــ

مگر اگلی شام پھر وہی آواز سنائی دی۔ لوگ راجہ کے پاس پہنچے اور راجہ نے پھر پنڈتوں اور جیوتشیوں کو طلب کیا۔

"اب کیا بات ہے ؟" راجہ نے سوال کیا ــــ "آج پھر وہی آوازیں ــ؟"

انھوں نے پھر کچھ دیر غور و فکر کرنے کے بعد کہا ــــ

"چڑیل ناراض ہے کیونکہ پنڈتوں اور جیوتشیوں کے پاس کافی مویشی نہیں ہیں ـــ"

راجہ نے فوراً کہا ـــ "ارے بھائی! جتنے مویشی چاہو لے لو، مگر یہ آواز بند ہونی چاہیے ـــ"

جوں ہی انھیں مویشی دیے گئے، آواز بند ہو گئی ـــ انھوں نے کہا ـــ "دیکھا! ہم نے ٹھیک ہی کہا تھا نا ـــ!" لوگوں کو پھر اطمینان ہو گیا، مگر اُسی شہر میں ایک بوڑھی عورت رہتی تھی ۔ اُسے یقین تھا کہ آوازوں کا راز کچھ اور ہی ہے ۔ غریب عورت تھی، دنیا میں اکیلی تھی ـــ سوچنے لگی ـــ "کیوں نہ میں خود جا کر معلوم کروں کہ یہ آوازیں کیسی ہیں ـــ؟ زیادہ سے زیادہ مر ہی تو جاؤں گی ـــ بھلا یہ زندگی بھی تو

موت جیسی ہی ہے ۔ ۔ کس کے لیے جیوں ۔؟

اگلے دن جب پھر شام کے وقت گھنٹیوں کی آواز آئی تو بڑھیا لاٹھی اٹھائے اور خاموشی سے پہاڑی کی طرف چل پڑی ۔

سورج مغرب کی سمت جھک رہا تھا، کھیتوں پر پھیلی ہوئی دھوپ سمٹ رہی تھی ۔ اور گھنٹیاں زور زور سے بج رہی تھیں ۔

جب وہ پہاڑی پر چڑھنے لگی تو اسے ذرا ڈر محسوس ہوا ۔ جی چاہا کہ لوٹ جائے مگر پھر دل کڑا کر کے آگے بڑھتی ہی رہی شام دھندلی ہوتی جا رہی تھی ۔ پہاڑی سنسان تھی، ہوا سائیں سائیں کر رہی تھی ۔ اور آوازیں زور زور

سے آ رہی تھیں ۔۔۔۔

بوڑھی عورت تھی ، پہاڑی پر چڑھنا آسان نہیں ہوتا ۔ بری طرح ہانپ رہی تھی ۔ دل تیزی سے دھڑک رہا تھا ۔ ٹانگیں کانپ رہی تھیں ، قدم لڑ کھڑا رہے تھے گر گر کر سنبھل رہی تھی ۔ آوازیں بہت نزدیک معلوم ہوتی تھیں ۔

آخر وہ چوٹی تک پہنچ ہی گئی ۔اور ایک پتھر پر بیٹھ کر سانسیں درست کرنے لگی ۔ اس نے چاروں طرف دیکھا ۔۔۔ وہاں بے شمار درخت تھے ۔

"ارے ۔۔۔ ا"

اس نے بے اختیار کہا ۔۔۔ اور زور سے ہنس پڑی ۔۔۔ "تو یہ راز ہے گھنٹیوں کا ۔۔۔ ا"

درختوں پر بہت سے بندرز اچھل کود کر رہے تھے ۔ ایک بندر کے ہاتھ میں گھنٹی تھی جسے وہ بے ڈھنگے طریقے سے ہلا کر دانت نکال رہا تھا ۔ ایسا معلوم ہوتا تھا جیسے بہت سی گھنٹیاں ایک ساتھ بج رہی ہوں ۔

مگر بندروں کے ہاتھ وہ گھنٹی کہاں سے لگی ؟

اچانک وہ چونک پڑی ۔ درختوں کے جھنڈ میں اسے ایک پرانا جوتا نظر آیا ۔ اب وہ تمام راز سمجھ گئی ۔

بہت دنوں پہلے شہر کے مندر میں سے کسی نے گھنٹی چوری کی تھی ۔ چور گھنٹی لے کر اس طرف آنکلا تھا ادر اسے چیتے نے کھا لیا ۔ وہ اسی چور کا جوتا تھا ۔ گھنٹی کسی طرح بندروں کے ہاتھ آ گئی ۔ اسی

چیتے نے شہر کے آدمیوں کو کھا لیا تھا۔
اسی لیے وہ بھی واپس نہیں لوٹ سکے تھے۔

بڑھیا فوراً شہر واپس گئی اور پھلوں
کی ایک ٹوکری لے کر پھر پہاڑی پر
چڑھ گئی ۔

بندروں نے پھل دیکھے اور اُدھر ی
پر ٹوٹ پڑے ۔ گھنٹی وہیں پھینک دی۔
بڑھیا نے گھنٹی اٹھائی ۔۔۔ اور اُسے
زمین میں دفن کر دیا ۔۔۔

اب وہ شہر واپس پہنچی ۔۔۔

لوگ بہت پریشان تھے ۔۔۔

بڑھیا راجہ کے پاس پہنچی ۔۔۔ وہاں
پنڈت اور جیوتشی کہہ رہے تھے ۔
"مہاراج! بھوت ناراض ہیں ۔ کیونکہ
میوقتشیوں اور پنڈتوں کے پاس عالی شان

"بس اب تم یہاں سے چلے جاؤ ـ"
اُس نے گرج کر کہا ـ
"اب میں تمہاری باتوں میں نہیں آؤں گا
تم کچھ نہیں کر سکتے ـ"
وہ اپنا سا منہ لے کر چلے گئے ـ
راجہ اکیلا رہ گیا ـ
ـ بڑھیا نے اُسے مخاطب کیا ـ
"کیا ہے ـ؟"
ـ راجہ نے چونک کر اس کی طرف
دیکھا ـ
"اگر میں گھنٹی کی آوازیں ہمیشہ کے
لیے بند کر دوں تو کیا انعام ملے گا ؟"
بڑھیا بولی ـ،
"منہ مانگا ـ جو چاہو گی ، مل
جائے گا ـ مگر پہلے آوازیں بند

ہونی چاہیے ، انعام بعد میں ملے گا ۔"

"منظور ہے ۔"

۔۔۔ بڑھیا نے مسکرا کر کہا ۔" اب وہ آواز میں اپنے جادو سے ہمیشہ کے لیے ختم کر دوں گی ۔"

اگلی شام پورا شہر آوازوں کا منتظر تھا ، مگر شام ڈھلنے کے بعد رات آ گئی ، پہاڑی پر خاموشی ہی رہی ۔۔۔ اس کے بعد بھی آواز نہ آئی ۔

اب لوگوں کے دلوں کو اطمینان ہو گیا۔

راجہ نے بوڑھی کو مالا مال کر دیا اور اس کی زندگی کے آخری دن بڑے عیش سے گزرنے لگے۔

اس نے کبھی کسی کو آوازوں کا راز نہیں بتایا۔

* * *

ڈینیل ڈیفو کے مشہور انگریزی ناول

کروسو سیاح

کا اردو ترجمہ

طالب الہ آبادی کے قلم سے

بین الا قوامی ایڈ یشن شائع ہو چکا ہے